LES
PARQUES

PAR

ERNEST DUPUY

..... ὑψηλότερον ἀνδρός.

PARIS

LIBRAIRIE FURNE

JOUVET et Cⁱᵉ, ÉDITEURS

5, RUE PALATINE, 5

—

MDCCCLXXXIV

LES

PARQUES

LES

PARQUES

PAR

ERNEST DUPUY

..... ὀιζυρώτερον ἀνδρός.

PARIS

LIBRAIRIE FURNE

JOUVET ET Cⁱᵉ, ÉDITEURS

5, RUE·PALATINE, 5

MDCCCLXXXIV

A MONSIEUR SULLY-PRUDHOMME

DE L'ACADÉMIE FRANÇAISE

✢✢✢✢✢

MONSIEUR,

Je me serais abstenu, par déférence, de vous dédier cet opuscule, si je n'avais eu qu'à vous remercier d'un accueil plein de bienveillance, ou de conseils et d'encouragements très précieux. Mais, en matière d'art, quelque obscur que soit l'ouvrier, on lui pardonne de se rattacher à un maître. Si les Parques ont, par aventure, d'autres lecteurs que vous, ils ne pourront me savoir mauvais gré d'avoir voulu rappeler, en tête de cet essai, les œuvres dont il procède. Dans les Destins, dans la Justice et dans tant de pièces d'abord aimées du petit nombre, puis adoptées du grand public, vous avez retrouvé une source de poésie très pure, et vos écrits philosophiques, d'un caractère Lucrétien, sont déjà pour plus d'un d'entre nous des modèles nouveaux.

Il ne m'appartient pas de dire si, préoccupé de vos inventions ou dégagé de votre manière, je me suis borné ou non au rôle d'imitateur; mais ce mot même ne m'effraie pas, quelque défaveur qui s'y attache. Les sculpteurs grecs, dont vous avez noblement parlé, composaient des dessins de prix d'après lesquels les potiers réglaient la forme et fixaient l'ornementation de leurs vases d'argile. Si humble que fût la matière, si rudes que fussent les doigts, l'amphore, le lécythos, l'urne, l'œnochoé empruntaient quelque grâce à l'inspiration primitive, et gardaient, en dépit de tout, le reflet d'un art élevé.

E. D.

LES PARQUES

✛✛✛✛✛✛✛

I

LES DÉESSES

C'est la nuit, une nuit sans lune, sans étoiles.
Un souffle d'ouragan passe, arrache les voiles,
Et l'œil voit, reliant le zénith au nadir,
Une apparition sinistre resplendir.

✿

C'est le groupe Fatal, les filles éternelles
De la Nécessité, les Parques aux prunelles
Glauques, mornes, sans fond, comme ces lacs glacés
Sous un sourcil de pierre au front des monts placés.

Leurs grands corps, mesurant les bornes de l'espace,
Dressent leur nudité virginale, qui passe
L'ineffable blancheur des neiges que le vent
Par coups d'aile rythmés trie en les soulevant.

❦

Quelle image idéale empruntée à la terre
Peut rendre cet éclat pâle et plein de mystère,
Fait à la fois d'horreur et de sérénité
Dont brille vaguement l'auguste Trinité?

❦

A leur forme impeccable on dirait trois statues;
A leur candeur étrange on les croirait vêtues
Du reflet sidéral que versent les cieux froids
Sur la mer ténébreuse aux plis semés d'effrois.

❦

L'une d'elles, Clotho, les reins cambrés, supporte
Dans ses bras ramenés sur sa poitrine forte
Le fardeau de toison qui sort incessamment
D'une urne formidable au fond du firmament.

Cette profusion de laine immaculée
Dont la mystérieuse et muette coulée
Tombe éternellement dans ses puissantes mains,
C'est la somme de vie accordée aux humains.

✦

Le flot glisse en flocons larges comme des nues;
Il s'arrête et se brise en ondes plus menues
Sur l'écueil colossal, marmoréen, vivant,
Des doigts de Lachésis, pour sombrer plus avant;

✦

Pour sombrer plus avant, comme une pluie étrange,
Rayons disséminés d'un soleil qui s'effrange,
Innombrables ainsi qu'à certains soirs d'été
Les éphémères blancs rayant l'obscurité.

✦

Or chacun de ces fils de lumière est une âme.
Soudain dans l'infini siffle un cercle de flamme :
La faux de diamant d'Atropos a passé,
Et d'un geste homicide un siècle est effacé.

II

LES HOMMES

Une obscure clameur que le vide refoule
S'élève d'ici-bas avec un bruit de houle.
C'est la douleur humaine aux millions de voix.
Pères, fils, jeunes, vieux, sages, fous, pâtres, rois
Poussent un hurlement de révolte ou de plainte.
Mais leur rancœur à peine exhalée est éteinte ;
Leurs lamentations expirent près du sol.
Pour atteindre à l'éther sublime il faut le vol,
L'essor victorieux du vers, l'idée unie
Au pouvoir qui suspend la mort, à l'harmonie.
Ramassant ces cris sourds, vulgaires, impuissants,
L'aède les rejette au ciel et ses accents,
Sans rompre le labeur des trois sœurs oppressées,
Ajoutent un remords au poids de leurs pensées.

III

LE CHANT DE L'AÈDE

ASPECT DE LA VIE

La Terre était heureuse en son morne sommeil,
Quand sur les continents submergés le Soleil,
Ce premier-né du Temps, jetait un œil d'envie.
Aucun bruit ne troublait son silence profond.
De ses neiges sans tache à ses vagues sans fond
Aucun joug n'opprimait sa force inasservie.
Survint la volonté qui peupla les déserts,
Qui féconda le sol, les océans, les airs,
Et qui mit la douleur au monde avec la vie.

C'en est fait pour jamais du repos fabuleux.
Sur la sphère d'argile aux grands horizons bleus
Nul atome perdu qu'un désir ne pénètre,
Nul germe qui ne coure à l'ovaire béant,
Nul fœtus qui n'aspire à sortir du néant,
Nulle incarnation qui n'ait hâte de naître,
Et naître, c'est marcher déjà d'un pas certain
Vers cet inévitable et lugubre destin
De vivre, de sentir, de vouloir, de connaître.

             ✢

L'enfant paraît au jour : C'est un vagissement
Prolongé, suraigu, qui dit le froissement
Dont souffre sa chair nue au choc de la lumière.
Jusqu'à l'heure où cet être enfin se dissoudra,
Ingénieux bourreau, la Nature étendra
En l'affinant toujours la douleur coutumière,
Et nos cris étouffés ou nos pleurs ingénus
Forment comme une chaîne aux anneaux continus
Qui joint le dernier râle à l'angoisse première.

             ✢

Une souffrance éteinte, une autre reparaît.

Le mal se renouvelle ainsi que la forêt,
Et le bouleau blanchit où verdissait l'érable.
La vie a ses printemps, ses étés, ses hivers,
Mais l'homme reste l'homme à ses âges divers,
Et plus que ses sanglots son rire est misérable;
Le repos n'est pas même une trève pour lui,
Car la paix, c'est bientôt la glace de l'ennui :
Ton fer rouge, ô douleur, est encor préférable.

✦

La volupté serait l'absence du tourment;
Mais cette extase échappe à notre sentiment :
Nous ne l'apercevons qu'après qu'elle est perdue.
La jeunesse est le rêve ébloui d'un matin,
L'allégresse un écho fuyant dans le lointain,
La force une parole autrefois entendue;
Nous sentons le bonheur par son inanité,
Et la tristesse règne en sa réalité
Sur toute la durée et toute l'étendue.

✦

L'homme veut tout étreindre, et ne peut rien saisir.
Cette déception de l'infini désir,

C'est le vautour rongeant le foie impérissable.
Notre œil voit des hauteurs où n'aspire aucun vol,
Mais notre pied de plomb s'embourbe dans le sol,
Et notre élan se brise au mur infranchissable.
Pris dans le double étau de l'espace et du temps,
Nous rêvons de dresser l'escalier des Titans,
Et notre effort déplace à peine un grain de sable.

L'amour, folie atroce où mirage moqueur !
Un corps passe, nos sens tressaillent, notre cœur
S'enivre d'un regard, d'un mot, d'une attitude.
L'instinct contrarié surgit en passion,
Le rut brutal se tourne en adoration,
Sous le nom de beauté nous cherchons l'aptitude.
Déçus, la jalousie aux entrailles nous mord ;
Élus, l'apaisement nous détache, ou la mort
Fait saigner les liens de chair de l'habitude.

Mais la science auguste et ses calmes propos ?
C'est un lit de torture, et non pas de repos
Qu'étend sous nos douleurs sans nombre la pensée.

Elle porte au delà des astres nos soucis.
Car les jalons, marquant les doutes éclaircis,
Montrent la voie immense à peine commencée.
Ce labeur héroïque est celui des plus forts,
Et leur vie, acharnée à d'impuissants efforts,
Laisse au plus un sillon de terre ensemencée.

✤

L'art entr'ouvre la geôle étouffante du moi,
Et dérobant notre âme à tout vulgaire émoi,
La porte aux régions pacifiques du rêve.
Sourire fugitif qui traverse nos pleurs !
Ainsi la bulle d'air, miroir des sept couleurs,
Sous un souffle d'enfant s'arrondit, luit et crève.
Les chercheurs d'idéal, ramenant leurs filets,
Lèvent pour une perle un monceau de galets
Qui viennent se confondre avec ceux de la grève.

✤

Au réveil, le présent paraît plus douloureux.
Vrais ou faux, tes besoins clament ; lutte pour eux :
Sois le chêne qui rompt ou le roseau qui plie ;
Râle sous le labeur, mais ę dis point « assez »,

2

Puisqu'au dénombrement des trésors amassés
Ce qu'on n'a pas s'accuse et ce qu'on a s'oublie;
Endure jusqu'au bout la blessure du bât,
Frappe l'hydre et retourne à l'éternel combat,
Comble l'urne sans fond qui n'est jamais remplie.

L'heure vécue à peine entre dans le passé,
Et tout ce qu'elle avait d'affreux s'est effacé,
Nous laissant le regret d'une grâce posthume.
Mais quel poids importun, quelle froide sueur
Quand le remords éclaire à sa sourde lueur
Les faits auxquels jamais le cœur ne s'accoutume.
Puisque le temps s'abîme, et qu'hier est défunt,
Pourquoi conserve-t-il ce vague et doux parfum?
Comment exhale-t-il ce relent d'amertume?

Au deuil des jours éteints qu'il ne peut retenir
L'homme, ajoutant l'erreur de hâter l'avenir,
Ouvre vers l'inconnu son aile, l'espérance.
Insensé qui moissonne en herbe tous ses blés,
Il perd le sentiment de ses plaisirs troublés

Que la vie engloutit avec indifférence,
Et le terme arrivé des maux qu'il a soufferts,
Captif halluciné qui s'attache à ses fers,
Plus qu'aucune torture il craint la délivrance.

Fût-on las de la vie, on ne l'abrège pas,
Et quand vient la minute obscure du trépas,
L'eût-on même avancée, on la trouve importune.
On est usé, brisé, blanchi, transi, perclus;
Le cerveau s'atrophie et le cœur ne bat plus;
On souffre cent douleurs, chaque heure en apporte une,
Et l'on crie à la mort « grâce » au lieu de « merci »,
Et l'on expire avec le suprême souci
De ne pouvoir traîner plus loin son infortune.

IV

L'aède a suspendu son rythme souverain.
Tout l'univers frissonne au bruit du luth d'airain;
L'écho suprême semble une voix étouffée,
La voix grêle des morts disant: « Orphée! Orphée! »
Il frémit : « Ombre amie, avez-vous soupiré? »
Et reprend sourdement son chant désespéré.

V

LE CHANT DE L'AÈDE

ASPECT DE LA MORT

La Mort! Secret du Sphinx qu'on nomme la Nature!
Dénouement désirable ou sinistre aventure!
Anéantissement ou résurrection!
La torpeur du sommeil ou le trouble du rêve!
Le chemin sans issue ou la course sans trêve!
La fin de la pensée et de la passion,
Ou la persévérance éternelle de l'être,
Et la déception finale de renaître
Ainsi que sur sa roue évolue Ixion!

La Mort! Culte inconnu, rite obscur, noir mystère
Que les initiés ne cesseront de taire,
Car leur bouche est clouée et leurs sens sont éteints.
Ils tombent foudroyés en entrant dans le temple,
Et leur regard s'aveugle aussitôt qu'il contemple
L'idole insaisissable aux contours incertains.
Toute affirmation d'avenir est donc née
Dans notre faible cœur qui prend, dupe obstinée,
L'appel de ses désirs pour la voix des destins.

✦

Oui, la vierge promise ou la jeune épousée,
Fleur meurtrie avant l'heure où sèche la rosée,
Dit en mourant: Grands dieux, laisser ceux que j'aimais!
Et l'époux, dont la plainte emplit la solitude,
En proie aux souvenirs troublants de l'habitude,
Ne s'imagine pas qu'il ne pourra jamais
Vivre dans l'avenir la minute perdue,
Et renversant les lois du temps, de l'étendue,
Ramener les torrents de la plaine aux sommets.

✦

Crédulité d'enfant que l'âge mûr renie.

Regarde seulement ce qu'a fait l'agonie
De ce corps féminin tout pétri de beauté.
Sauf les derniers frissons de la force fuyante,
Les membres n'offrent plus qu'une image effrayante
D'appesantissement et d'immobilité.
L'effort n'ébranle plus l'appareil musculaire,
Et même en ce déclin l'ombre crépusculaire,
Avant l'effort suprême, éteint la volonté.

Un lien n'étreint plus l'idée incohérente.
Écho mystérieux, la parole expirante
S'attarde, s'alourdit, s'entrecoupe et se tait.
Le regard, émoussé comme à l'heure première,
Perd la fleur de la vie en perdant la lumière;
L'œil clos du nouveau-né jadis la redoutait,
L'œil hagard du mourant la cherche évanouie;
Le monde extérieur s'efface avec l'ouïe;
Le cerveau se dérobe au poids qu'il supportait.

✦

Le cœur presse et suspend son allure brisée.
Goutte à goutte, le sang suit l'artère épuisée,

L'haleine interrompue a des sifflements sourds;
Sur ce visage pâle une angoisse indicible,
Exaspérant les traits, traduit et rend visible
Le spasme douloureux qui va trancher les jours;
Puis le râle apparaît, suivi d'un grand silence,
Puis un dernier soupir qui brusquement s'élance,
Puis le cadavre, ô Mort, rivé sous tes doigts lourds.

Misérable néant de la grâce effacée!
Cette gorge, autrefois si fière, est affaissée;
Le col s'est décharné, le front s'est rembruni;
Le sourire a fait place à deux rides moroses,
L'incarnat de la joue aux funèbres chloroses,
La neige éblouissante à l'ivoire jauni;
La splendeur du regard d'une taie est couverte;
On démêle, à travers la paupière entr'ouverte,
L'insondable stupeur du sommeil infini.

✦

Alors sur cette face il semble que l'on voie
Surgir de l'horreur même une tranquille joie
Qui détend la rigueur des traits rassérénés;

Il semble que le corps dans sa gaine de glace
Voluptueusement anéanti, délasse
Ses muscles et ses nerfs si longtemps surmenés.
Est-ce l'allègement des forces suspendues,
L'émancipation des facultés perdues,
Le désabusement de l'erreur d'être nés?

✣

Non : ce pesant silence est lui-même un mensonge,
Ce sommeil décevant durera moins qu'un songe,
Ce tableau du néant n'est qu'une illusion.
Le corps n'est pas gisant depuis une journée
Que dans ses profondeurs la vie est ramenée :
Les ferments ont trahi leur sourde invasion;
Le cadavre s'émeut, frappé par la lumière,
Et l'on voit s'altérer sa majesté première
Sous le labeur hideux d'une autre vision.

✣

L'exhalaison putride en ces formes aimées
Met la dérision d'enflures innomées,
Et force impudemment la bouche à se rouvrir.
Les yeux, qu'ont fait saillir d'immondes bouffissures,

Laissent dans le ravin de leurs noires fissures
On ne sait quel frisson d'êtres vivants courir,
Et ce débris boueux qui fut la créature,
Touché par l'aiguillon brûlant de la Nature,
Au lieu de reposer, s'évertue à pourrir.

L'ébranlement fatal ainsi se perpétue,
Et nul ne peut savoir jusqu'où la Mort nous tue.
Tout notre sentiment s'est-il évanoui,
Ou plutôt la douleur s'est-elle morcelée
Sous le couvercle épais de la tombe scellée,
Et le ver famélique avec nous enfoui
Grève-t-il l'être humain d'un millier d'existences
Qui, l'armant d'un millier d'appétits plus intenses,
Lui réservent l'horreur d'un supplice inouï?

Et l'évolution se déroulera-t-elle,
Remontant les degrés de la vie immortelle
Depuis l'obscur tourment de la putridité
Jusqu'à la passion consciente des hommes?
Nous retrouverons-nous à la place où nous sommes?

Ou, sans que notre élan jamais soit arrêté,
Tourbillonnerons-nous comme des grains de sable,
Et, traînant le fardeau d'un sort impérissable,
Attendrons-nous la mort toute l'éternité?

VI

Le thrène courroucé bondissant dans l'espace,
Comme la foudre ailée éclaire, effraie et passe.
Alors dans le silence ému du ciel profond
On entend l'harmonie ineffable que font
Au delà de l'Éther les huit notes lancées
Par le vol frémissant des sphères balancées.
Les Parques, dont le front d'étoile est obscurci
Comme par le réveil d'un immense souci,
Paraissent ralentir leurs tâches éternelles.
Des pleurs de déité coulent de leurs prunelles,
De larges pleurs salés comme le flot des mers;
Mais pour anéantir les reproches amers
Dont l'homme les obsède en sa douleur bornée,
Elles mènent le deuil d'une autre destinée,
Et Clotho, dont les bras se rouvrent lentement,
D'une plainte inconnue emplit le firmament.

VII

LE CHANT DE CLOTHO

Homme, arrêteras-tu ton aveugle ironie?
Si tu veux mesurer la détresse infinie,
Songe à la destinée immuable des dieux.
Si tu veux contempler le supplice implacable,
Vois la sérénité morne qui les accable;
Démêle, sous leurs fronts à jamais radieux,
Le désespoir muet de la vie impassible;
Devine quel néant formidable est le leur,
Puisque, dépossédés du désir impossible,
Ils ont l'éternité, mais n'ont pas la douleur;
Puisqu'ils doivent durer, durer des ans sans nombre,
Et dans ce triste azur dont l'éclat n'a point d'ombre,
Consumer leur puissance à rêver le malheur.

Homme, nous t'envions tes terreurs, tes blessures.
Quel fer vivifiant marquera ses morsures
Dans mes flancs de déesse ainsi que dans tes chairs?
Quelle agitation féconde en espérances
Initiant mon âme au bienfait des souffrances
Me rendra les répits qui succèdent plus chers?
Quelle torpeur morbide, envahissant mon être,
Et mêlant à mes jours insipides son fiel,
Me donnera la joie humaine de renaître
Et d'aspirer la vie avec l'air pur du ciel?
Homme, prends le nectar; homme, prends l'ambroisie;
Mais abandonne-moi ta faim que rassasie
La sauvage douceur d'une goutte de miel.

✢

Tes jours seuls sont comptés; notre existence est vaine.
Ta race est asservie à la loi de la haine,
Mais la haine est la source obscure de l'amour.
De larmes et de sang encor qu'il se repaisse,
L'instinct te sollicite à défendre l'espèce,
En te donnant des fils qui luttent à leur tour.
Alors tes yeux hardis cherchent un regard tendre,
Un bras léger s'appuie à ta robuste main,
Une vierge t'écoute et rougit de t'entendre

Jusqu'à l'heure sacrée, où, suivant ton chemin,
Elle ira près de toi, palpitante et voilée,
Boire aux frissons jaloux de la nuit étoilée
Les philtres inconnus et troublants de l'hymen.

✤

Et dès que son visage a réjoui ta couche,
La rebelle fureur de ton humeur farouche
Cède comme l'orage aux flèches du soleil.
A travers le réseau des cils de ton amante
Tu trouves la tiédeur du printemps plus clémente
Et le cœur embaumé des roses plus vermeil;
L'air des bois plus subtil te pénètre et t'enivre;
Tu te laisses bercer au chant grave du flot;
Tu soupçonnes que l'homme a sa raison de vivre,
Et que si la douleur militante est ton lot,
L'âpre nécessité, pour nous impitoyable,
Illumine ton sort et le rend enviable
En mêlant ce sourire à ton fatal sanglot.

✤

Ah! cette volupté de s'oublier soi-même,
De sentir son cœur battre au cœur de ce qu'on aime,

Hommes plus dieux que nous, vous seuls la connaissez.
Même, après la saison des tendresses conquises,
Vous savez vous créer des tristesses exquises
Avec le souvenir de vos bonheurs passés;
Ou, si l'amour s'abîme et que l'idole tombe
Sous le fer du mépris, sous le doigt de la mort,
Un autre feu jaillit de ce feu qui succombe,
Un sentiment plus haut, plus auguste et plus fort
Fixe son thyrse aigu dans votre âme en délire,
Et quand le plectre d'or retombe sur la lyre,
Terre et ciel, tout tressaille au son mâle qui sort.

✢

Être humain, ta détresse attendrit la Nature.
Sa grande voix s'élève, et dit : « Ma créature,
Mon fils, que le tranchant de la vie a blessé,
Endors ton front pesant dans mes mains maternelles;
Abrité sous mon voile aux grâces éternelles,
Fais un rêve plus beau que le rêve effacé.
Au lieu des pans obscurs d'une tente de toile,
Je t'offre, de la mer pourprée aux monts bleuis
L'espace, et le rayon bienveillant de l'étoile,
Le souffle de la grève et des bois réjouis,
Le mystère de l'aube aux yeux frais de rosée,

La rougeur de l'aurore aux joyaux d'épousée,
Le sourire fuyant des soirs évanouis.

↯

« Ramenant les soleils dans leur marche ordonnée,
Je rajeunis pour toi la face de l'année
Sous le flux alterné des feux et des frimas;
Je fais croître la vigne, et l'olive et les palmes;
Les pôles, les pays brûlés, les zônes calmes,
Sont tes domaines clos par les murs des climats.
Pour rafraîchir tes sens troublés, ta tête lasse,
Pour raviver ton cœur et ton corps refroidis,
J'ai sculpté la montagne aux épaules de glace,
J'ai creusé le contour des golfes attiédis;
Pour éblouir tes yeux assouvis de désastres,
J'illumine sans cesse à la splendeur des astres
Le spectacle des cieux qui te sont interdits.

↯

« Les poëtes ingrats me font aveugle et sourde :
Si mon visage est dur, c'est que ma tâche est lourde.
Tu peux voir frissonner ma tendresse au printemps,
Quand mai rougit la haie en fleurs, que l'herbe pousse,
Et que le toit de l'arbre au fût bardé de mousse

Couvre la violette aux regards hésitants ;
Quand la feuille séchée et pâle aux bois d'automne
Tombe et tourne en cherchant le sol comme à regret ;
Quand la vague des blés jaunis court monotone
A travers l'Océan fertile du guéret ;
Quand le vent de l'hiver sur les collines blanches
Fait lamenter le luth cyclopéen des branches,
Dans toutes ces rumeurs parle un tourment secret.

« C'est la compassion de l'âme universelle
Pour toutes les douleurs des êtres, depuis celle
Qui sèche le brin d'herbe usé par le soleil
Jusqu'à cette souffrance aux formes infinies,
Qui, peuplant l'existence humaine d'agonies,
Prend aux lèvres le rire, ôte aux yeux le sommeil.
Viens donc conter ta plainte à la mer murmurante,
Cherche la paix et l'ombre au fond des bois dormants,
Retourne à ton labeur avec l'abeille errante,
Bois le flot de la source aux sursauts écumants,
Foule les mousses d'or plus douces que des laines,
Et rouvre, ainsi qu'un lys sous de tièdes haleines,
Ton âme renaissante à mes enchantements. »

Oui, la mère nature est la magicienne
Qui, répandant sur toi sa jeunesse ancienne,
Sait apaiser tes maux d'une heure, humanité.
Mais l'art rend à ta vue attentive et ravie
Tous les déchirements douloureux de la vie
Sans l'appréhension de la réalité.
Il fait du jeu sanglant des amours et des haines
Une suave angoisse aux pleurs voluptueux;
Il dore à la lueur des illusions vaines
L'obscure destinée aux sentiers tortueux,
Et, secouant le joug de l'âme délivrée,
Par delà les soleils il l'emporte enivrée
Sur le vol cadencé du vers impétueux.

✝

Ou bien sous le frisson des lyres animées
L'essaim capricieux des douleurs bien-aimées
Que l'harmonie enferme en ses accords vivants
S'éveille, et tour à tour des flots de joie austère,
De détresse ineffable et d'éloquent mystère,
Rythmés comme la voix décroissante des vents,
Ardents comme les traits de l'aurore embrasée,
Fuyant comme l'aspect du nuage emporté,
Chastes comme la neige à peine reposée,

Vagues comme l'azur sans fond d'un ciel d'été,
Effacent le sillon des souffrances connues,
Et, pénétrant le cœur d'extases ingénues,
L'inondent de langueur ou de sérénité.

✢

Et le sculpteur, dictant au ciseau sa pensée,
Achève fièrement l'ébauche commencée
Par le dieu qui pétrit l'argile et l'anima.
Il nous crée à son tour ou nous réduit en poudre.
Il rêve un Jupiter dont il forge la foudre
Au feu que le Titan Prométhée alluma.
O débiles mortels, de robes revêtues
Nous gardons vos logis, vos temples, vos chemins;
Mais lorsque vous baisez nos banales statues,
Et que vous étreignez nos genoux de vos mains,
Notre divinité contemple avec envie
Ces marbres empruntant l'ivresse de la vie
Aux traits humiliés des visages humains.

VIII

Clotho se tait. L'écho de sa voix suspendue,
Bondissant d'astre en astre à travers l'étendue
Comme les sourds éclats d'un tonnerre lointain,
Se détache, s'enfuit, s'atténue et s'éteint.
Mais voici qu'émergeant des flots noirs du silence,
Le rythme renoué par Lachésis s'élance.

IX

LE CHANT DE LACHÉSIS

Hommes, n'enviez pas notre savoir divin.
De tous nos attributs orgueilleux le plus vain,
C'est le fastidieux pouvoir de tout connaître.
L'océan de clarté qui consume les cieux
Fatalement afflue au miroir de nos yeux,
Heurte notre pensée inerte et la pénètre.
Mais ce rêve est sans joie autant que sans terreur;
C'est le dégoût qui sort de cette insouciance.
Nous n'avons pas le point de départ de l'erreur,
Les leviers de l'effort et de la patience,
Et lorsque le progrès sans fin s'offre à vos sens,
Nous restons opprimés, Tantales impuissants,
Sous la vague torpeur de notre omniscience.

✦

Notre aperception ne vaut que le mépris.

Humains, le labeur seul qui vous pèse est sans prix :

Il forme le trésor croissant de vos pensées.

Au rebours des aiglons nouvellement éclos

Vous arrivez au jour effrayés, les yeux clos,

Ridant vos tendres chairs par un souffle offensées.

Mais dans ce corps qui vit à peine et n'agit pas

Tressaillent des lueurs de sagesse endormie ;

Votre front se relève à chacun de vos pas ;

L'aile de la raison s'ouvre vite affermie ;

La nature fléchit partout où vous passez ;

Vous brisez tout obstacle et vous asservissez

Au sceptre du pouvoir toute force ennemie.

☙

Nous avions reculé le feu loin de vos mains.

Deux géants ont choqué leurs silex inhumains :

Le vainqueur a cloué le vol de l'étincelle.

Les enfants des héros embrasent la forêt,

Délivrent du limon l'âme du minerai,

Font du métal un flot de lave qui ruisselle.

Vous déchirez le sol, aidés du bœuf soumis ;

Vous sondez les flancs noirs de Cybèle la sainte ;

Le gouffre inviolable où les morts sont admis

N'est plus même abrité par sa décuple enceinte;
Car il vous faut la gangue où dorment enchassés
L'or fauve et l'argent pur, ces soleils condensés,
Les joyaux teints d'azur, d'incarnat, d'hyacinthe.

✦

Mais ce butin qui brille à vos doigts triomphants,
Qu'est-il près des secrets que vos petits-enfants
Arracheront un jour au livre de la terre?
L'ossuaire effrayant des monstres effacés,
Le lit prodigieux des Océans passés,
La coulée à jamais éteinte du cratère,
Les blocs qu'ont projetés les glaciers colossaux,
La flore arborescente encore épanouié
Qu'un linceul protecteur engloutit par monceaux,
L'empreinte révélant l'espèce évanouie,
Ce que l'eau du déluge ou le feu des volcans
Sculpta sur le granit d'oracles éloquents
Pour remonter les jours d'une histoire inouïe.

✦

Nous crûmes que la mer, s'éventrant sous vos pas,
Avec ses cris de fauve affamé de trépas,

Devait déconcerter votre effort sacrilège.
Vous vous êtes rués sur l'Océan profond,
Sans rompre le rideau du gouffre, ainsi que font
La feuille desséchée et l'écorce du liège.
Le coursier bleu soulève en bonds désordonnés
L'aviron qui le bat, l'éperon qui le troue;
Mais, délaissant la rame et les mâts empennés,
Vos fils, sous le sillon fugitif d'une roue,
Dévorent l'infini des espaces mouvants,
Opposent un Cyclope à la troupe des vents,
Attisent les brasiers qui font voler la proue.

Réglant le frein de feu de leurs vaisseaux géants,
Dont l'âpre voix rugit sur tous les océans,
Ils ne s'arrêtent pas aux colonnes d'Hercule.
Ils vont des noirs mangeurs de lotus parfumé
Aux blancs Cimmériens du pôle inanimé,
Interrogeant le Sphinx des déserts qui recule.
Ils fixent leur cité flottante en pleine mer,
Jettent dans l'épaisseur des hautes eaux leurs sondes,
Ramènent au soleil ce que le gouffre amer
Couve de vie obscure en ces zones profondes,
Les êtres ébauchés aux yeux phosphorescents,

Les végétations aux tissus frémissants,
Les atomes soudés qui bâtissent des mondes.

✣

La blonde Néréide au corps pâle, aux yeux verts,
Regarde avec douleur ses trésors découverts
Pendre aux ongles crochus du harpon qui les fouille ;
Mais l'obstiné pêcheur de merveilles, venu
Pour tirer de l'abîme un lambeau d'inconnu,
Rapporte à la cité cette étrange dépouille ;
Et tandis que ses nefs, plus sombres que la nuit,
Dans l'azur radieux passent diminuées,
L'armure du géant Glaucus s'évanouit,
On entend s'écrouler au milieu des huées
L'édifice du mythe obscur, mystérieux ;
Ainsi la jeune Aurore au geste impérieux
Crève de ses doigts d'or le rideau des nuées.

✣

Quel attribut divin n'usurperez-vous point ?
L'éclair que Jupiter farouche tient au poing
N'est pour lui qu'un hochet ou qu'une arme bruyante.
L'aigle aux ailes de feu tombera dans vos rets,
Et je vous vois liant au vieux char du progrès

La bête hérissée, hostile, inconsciente.
Vous maîtrisez du doigt ses bonds vertigineux,
Portant en un clin d'œil au monde une pensée ;
Vous morcelez son souffle en faisceaux lumineux,
Vous recueillez au vol sa force dépensée,
Et radieux dompteurs du monstre obéissant,
Vous reprenez, armés d'un outil tout puissant,
L'œuvre de la science à peine commencée.

✦

Et quand ils seront las de la terre, vos yeux
N'auront qu'à se fixer sur l'infini des cieux,
Pour scruter dans la nuit le mystère de l'ombre,
Pour déchiffrer le sort des astres éclatants,
Et pour réaliser le rêve des Titans
En entassant les monts de l'idée et du nombre.
Car tout ce que l'aède imposteur a chanté
Dans ses inventions pauvrement fabuleuses
Est à peine un soupçon de la réalité ;
Il a vu le frisson des étoiles frileuses,
Le désert de la lune au reflet caressant,
La pourpre du soleil au globe incandescent,
Et les taches de lait des pâles nébuleuses.

✦

Mais quel frémissement quand vous découvrirez
Que ces sables d'argent vaguement figurés
Sont d'immenses soleils faits d'un amas d'étoiles.
Oui, ces nappes de feux qui semblent confondus
Sont au ciel ce que sont les archipels perdus
Sur le vaste Océan tout sillonné de voiles.
Or dans un même groupe, entre deux îles d'or,
Pour porter des lueurs qu'on croit instantanées
Le jour vogue trois ans comme un vaisseau qui dort,
Lui dont le vol fait peur à vos forces bornées,
Et vous saurez au bout de vos calculs certains
Que le rayon parti des cieux un peu lointains
Met pour venir à vous plus de cent mille années.

*

Sous cet azur que glace un silence apparent,
Vous verrez le labeur de l'éther fulgurant
Que forge le marteau des siècles sur l'enclume.
Et comment les soleils naissent, vous le saurez,
Les vapeurs se ruant aux points agglomérés,
Et la vibration du noyau qui s'allume :
Car ainsi qu'on découvre à travers la forêt
L'arbre et tous ses aspects, gland, pousse, arbuste, chêne,
Vos sages, pénétrant dans l'éternel secret,

Peuvent compter là-haut les anneaux de la chaîne,
Depuis l'éclat obscur des nébulosités
Jusqu'aux astres brûlants, denses, précipités,
Qui font évoluer une terre prochaine.

Vos générations avides de savoir
Épuiseront ainsi bien des âges à voir
Les rangs renouvelés de ces globes de flamme
Émerger tour à tour du chaos incertain,
Comme s'ils n'avaient pas accompli leur destin,
Avant de pénétrer par vos yeux dans votre âme.
Non, ces rois lumineux de l'ombre ne vont pas
Sans soucis à travers l'infini, leur domaine.
Ils attendent tous l'heure où, munis du compas,
Vous aurez mesuré l'orbe qui les ramène :
Ils datent de ce jour leur immortalité;
Ils savent que le ciel est sans réalité
S'il n'est pas réfléchi par la pensée humaine.

X

Aux plaintes de ses sœurs la farouche Atropos,
Spectre, dont l'arme, encore effrayante au repos,
Brûle de son croissant lunaire les ténèbres,
Joint l'ululation de ces strophes funèbres :

XI

LE CHANT D'ATROPOS

Tu trembles de mourir, fragile humanité!
Tu maudis follement l'heureuse inanité
De ton destin qui passe ainsi qu'un rêve d'ombre.
Tes ans ont douze mois, dont les jours ont au plus
Douze heures de clarté, douze heures de nuit sombre.
Les ans, par nos soleils suprêmes révolus,
Sont faits de mois sans fin peuplés de jours sans nombre.
L'astre de Jupiter, indice d'or des dieux,
Nous mesure le temps en sillons radieux
Sur la route d'azur que sa course doit suivre :
Accumule avec lui les siècles par monceaux ;
Étends à l'infini ces cycles colossaux,
Et sonde le dégoût divin de toujours vivre.

Lorsque les suppliants, le cœur gonflé de vœux,
Empourprent à l'autel les fanons de leurs bœufs,
Ils ne nous savent pas jaloux de l'hécatombe.
Vous, mortels, vous fuyez la douleur ou l'ennui
En vous acheminant vers le trou de la tombe.
Votre être chaque jour laisse un lambeau de lui,
Ainsi que la cigale une larve qui tombe.
L'anéantissement n'est interdit qu'à nous.
La sourde Némésis nous voit à ses genoux
Altérés de trépas, mais, tout dieux que nous sommes
Nous déchirons nos doigts dans un débile effort
Aux clous de diamant des portes de la mort,
Qui tournent sur leurs gonds au caprice des hommes.

✦

Qu'est-ce que le souci fugitif d'exister
Lorsque le dénouement qu'on ne peut éviter
Oppose à quelques maux douteux sa certitude?
Être sûr de briser ses chaînes une fois,
Voir au bout des tourments l'immense quiétude,
Abdiquer le regard et l'ouïe et la voix,
Dépouiller le vouloir, l'instinct et l'habitude,
S'enfuir de la pensée et de la passion,
Descendre les degrés de la création,

Sombrer dans la douceur de l'ombre envahissante,
S'éteindre dans la paix de l'éternel sommeil,
On achète cela d'un peu de sang vermeil
Qui rougit au tranchant l'épée éblouissante.

❧

Que redouteriez-vous dans la mort? le mourir?
Est-ce donc, à tout prendre, un grand risque à courir
Que de s'apercevoir comment un souffle expire.
Scrutez cet œil laiteux où remonte la nuit :
Il vous dit que l'effort de la vie était pire,
Et que l'agonisant s'endort, s'évanouit
Au rythme adoucissant des ailes du vampire.
Déjà le sentiment de l'être s'est perdu :
A peine reste-t-il dans ce corps détendu
Quelque atome mouvant qu'une impression froisse;
C'est autour du grabat qu'on souffre, et c'est souvent
Le cœur passionné du pâle survivant
Qui prête aux sens glacés du moribond l'angoisse.

✝

Est-ce le vain regret de ce que la mort prend
Qui fait appréhender sa venue, et qui rend

Aux cœurs irrésolus l'abdication dure?
La jeunesse a sans doute un merveilleux ressort
Qui mêle une allégresse aux peines qu'elle endure.
Mais la jeunesse passe, et le plus heureux sort
Court aux déceptions, aux dégoûts, dès qu'il dure.
Donc l'homme aimé des dieux succombe dans sa fleur.
Plus tard l'âme est sans joie et le corps sans chaleur :
Tout organe s'émousse avec son aptitude;
On est pesant, on est tremblant, on est usé;
On traîne avec effort son cadavre épuisé :
La mort n'anéantit que la décrépitude.

✦

Craignez-vous l'inconnu qui succède au trépas?
Le gouffre ténébreux du Styx n'existe pas,
Ni le mirage ardent de vos clairs Élysées.
Ce rêve de héros qui dorment étendus
Sous les lauriers en fleurs dans des plaines boisées
Est sorti du regret des fils qu'on a perdus,
Du deuil des unions que le sort a brisées.
Vos haines ont aussi besoin de l'au delà :
Vous avez fait l'Érèbe, et vous avez mis là
Votre instinct de vengeance et vos fers et vos flammes;
Mais ces Phlégétons noirs, ces Ténares goulus

Exhalent des terreurs qui sont dignes au plus
De faire frissonner des enfants et des femmes.

✦

Ah! si le crépuscule avait un lendemain,
Si l'on se retrouvait au début du chemin
Pour endurer encor les affres de la vie,
Si l'on recommençait le combat douloureux
Contre l'ambition, l'égoïsme et l'envie,
Si les illusions du délire amoureux
Devaient éterniser leur flamme inassouvie,
L'homme aurait ses raisons pour reculer d'effroi;
Mais c'est bien pour jamais que le cadavre est froid,
Que les sens sont éteints et la passion morte :
Accouplez au tombeau la maîtresse et l'amant,
Leurs débris resteront joints éternellement
Sans que du dernier lit d'hymen un soupir sorte.

✦

Ce néant sépulcral, qui ne l'a pressenti
A cette heure nocturne où l'être appesanti
S'abat sous le genou du sommeil qui le lie?
La volonté s'arrête et l'effort se suspend,
La pensée est perdue et la douleur s'oublie;

Une torpeur magique au charme enveloppant
Envahit cette chair gisante, ensevelie
Dans le lin de la couche ainsi qu'en un cercueil.
La lèvre est sous le sceau, l'oreille est sourde, et l'œil
N'a que des visions d'ombre sous la paupière ;
Hors le souffle élevant la poitrine et les seins,
Le corps semble cloué dans le creux des coussins
Avec cette inertie étrange de la pierre.

La mort est une sœur puissante du sommeil.
Elle a la face blême, il a le teint vermeil,
Mais la même douceur détend leurs traits augustes.
Vous excédez le dieu de vos appels dévots,
La déesse n'entend que vos rebuts injustes :
Elle porte, elle aussi, le bouquet de pavots
Qui couche, en les frôlant, les corps les plus robustes,
Et ceux qu'elle a couchés ne se relèvent pas,
Et la nuit du repos qui succède au trépas
N'est point par le labeur du songe interrompue ;
Mais l'être conscient que vous avez été,
Brisant les nœuds de chair de son identité,
Redevient un amas de fange corrompue.

Et ce qui renaitra de la corruption
Ne réparera point la dissolution
Du tout organisé qui constituait l'homme.
Le rejeton muet du cadavre, herbe ou ver,
Précurseur d'un néant que chaque heure consomme,
Non sans avoir vécu, non sans avoir souffert,
Aboutit au débris perdu que nul ne nomme.
Ne craignez pas pour ceux que la mort a tués;
Car si leurs éléments vivent perpétués
Dans les flancs agités de la terre, leur mère,
Cette succession d'êtres multipliés
Hâte par des ressorts chaque fois moins liés
La perte d'un état toujours plus éphémère.

✚

Et la terre elle-même est sûre de périr.
Un jour les yeux humains regarderont tarir
La source des rayons solaires consumée.
Le pôle, envahissant le globe à pas géants,
Jettera son manteau de glace inanimée
Sur le mont, sur la plaine et sur les océans.
Je vois d'êtres éteints chaque zone semée.
La désolation sublime des déserts
Silencieusement glisse à travers les airs

Sur la route éternelle où la planète passe;
L'astre qui l'inondait de sa fécondité
N'argente à la lueur de sa pâle clarté
Qu'un colossal sépulcre emporté dans l'espace.

Et comme sous l'effort d'un vent vertigineux
Les constellations, ces monstres lumineux,
Le brasier du soleil, les torches des étoiles,
Tous ces foyers ardents s'éteignent tour à tour.
La nuit impénétrable accumule ses toiles,
Mais d'aucun flambeau d'or le radieux retour
Ne peut faire, à l'aurore, évanouir ces voiles,
Et le peuple divin du ciel éblouissant,
Condamné comme vous, s'engloutit frémissant
Dans l'abîme béant des ténèbres profondes,
Sans que cette ruine anéantisse au bout
La veillée immortelle et l'immortel dégoût
Du Destin qui préside à la marche des mondes.

XII

Le chant cesse, suivi d'un silence effrayant.
Dans la nuit, de nouveau la faux siffle, rayant
De sa rapidité fulgurante l'espace.
L'aède, à la lueur de cet éclair qui passe
Crie, et jette ses mains tremblantes sur ses yeux
Qui restent aveuglés pour avoir vu les dieux.

FIN

✦

Paris. — Imprimeries réunies, C. rue du Four, 54 bis. — 1895.

✦

www.ingramcontent.com/pod-product-compliance
Lightning Source LLC
Chambersburg PA
CBHW060807180626
46818CB00002B/734